Pour Phyllis, qui ne se fait jamais de souci

Traduction d'Élisabeth Duval
Lettres manuscrites de Thomas Duval

ISBN : 2-07-055567-4
Titre original : *Wemberley Worried*
Publié par Greenwillow Books, une division
de Harper Collins, New York
© Kevin Henkes, 2000, pour le texte et les illustrations
© Kaléidoscope, 2002, pour la traduction française
© Gallimard Jeunesse, 2003, pour la présente édition

Numéro d'édition : 133692
Loi n° 46-956 du 16 juillet 1949
sur les publications destinées à la jeunesse
1er dépôt légal : août 2003
Dépôt légal : novembre 2004
Imprimé en Italie par Editoriale Lloyd
Réalisation Octavo

Kevin Henkes

Juliette s'inquiète

GALLIMARD JEUNESSE

Juliette s'inquiète tout le temps.

Pour des choses graves,

JE VOULAIS
VOIR SI
VOUS ÉTIEZ
BIEN LÀ.

pas graves,

ou qui
pourraient
l'être.

Juliette s'inquiète
le matin,

elle s'inquiète le soir,

et aussi tout au long
de la journée.

– Tu t'inquiètes beaucoup trop,
dit sa maman.
– Quand tu t'inquiètes, je m'inquiète,
dit son papa.
– Souci, souci, souci, dit sa mamie.
Tu te fais trop de souci !

Juliette s'inquiète pour l'arbre du jardin,

ET S'IL TOMBAIT SUR NOTRE MAISON ?

la fissure dans le mur du salon,

et le chuintement du radiateur.

Au square, les chaînes de la balançoire,
les boulons du toboggan
et les barres de l'araignée métallique
inquiètent Juliette.

Et bien sûr, Juliette s'inquiète au sujet de sa poupée Fleur.

– Ne t'inquiète pas, dit sa maman.
– Ne t'inquiète pas, dit son papa.
Mais Juliette s'inquiète.
Elle s'inquiète et s'inquiète
et s'inquiète.

Quand Juliette est très inquiète,
elle frotte l'oreille de Fleur.
Juliette se dit que Fleur n'aura
bientôt plus d'oreille si elle continue
à s'inquiéter de la sorte,
et son inquiétude redouble.

Le jour de son anniversaire,
Juliette s'inquiète :
ses amis viendront-ils à sa fête ?

– Tu vois, dit sa maman, tu n'avais aucune
raison de t'inquiéter.

Mais Juliette s'inquiète : y aura-t-il
suffisamment de gâteau pour tout le monde ?

Le soir d'Halloween,
Juliette s'inquiète : il y aura
beaucoup trop de papillons
dans le défilé.

– Tu vois, dit son papa, tu n'avais aucune
raison de t'inquiéter.

Maintenant Juliette est inquiète parce
qu'elle est le seul papillon du défilé.

– Tu t'inquiètes beaucoup trop,
dit sa maman.
– Quand tu t'inquiètes, je m'inquiète,
dit son papa.
– Souci, souci, souci, dit sa mamie.
Tu te fais trop de souci.

Juliette a bientôt un nouveau
sujet d'inquiétude : l'école.
La rentrée approche et Juliette n'a
jamais été aussi inquiète de sa vie.

Lorsque le grand jour arrive, Juliette a déjà une longue liste de sujets d'inquiétude.

Et si tout le monde se moque de moi ?

Et si personne ne porte de rayures ?

Et si je suis la seule à avoir une poupée ?

Et si la maîtresse est méchante ?

Et si la classe sent mauvais ?

Et s'ils n'aiment pas mon prénom ?

Et si je ne trouve pas les toilettes ?

Et si je déteste la cantine ?

Et si je me mets à pleurer ?

– Ne t'inquiète pas, dit sa maman.
– Ne t'inquiète pas, dit son papa.
Mais Juliette s'inquiète.
Elle s'inquiète et s'inquiète
et s'inquiète.

Elle
s'inquiète
tout
le
long
du
chemin.

AMUSE-TOI BIEN !

Pendant que les parents
de Juliette parlent avec
la maîtresse, madame Fuchsia,
Juliette examine la classe.

Puis madame Fuchsia dit :
– Juliette, j'aimerais beaucoup
te présenter quelqu'un.

Elle se prénomme Colette.
Elle est toute seule.
Elle porte des rayures.
Elle serre une poupée dans ses bras.

Juliette et Colette se regardent d'abord
du coin de l'œil.

– Voici Fleur, dit Juliette.
– Voici Pomme, dit Colette.

Fleur salue de la main,
Pomme aussi.

– Bonjour, dit Fleur.
– Bonjour, dit Pomme.

– Je frotte ses oreilles, dit Juliette.
– Je frotte son nez, dit Colette.

Juliette et Colette sont assises
l'une à côté de l'autre.
Quand elles se lèvent, c'est pour jouer
ensemble.
Elles ont couché Fleur et Pomme
côte à côte.

Juliette s'inquiète.
Mais pas plus que d'habitude.
Plutôt moins, d'ailleurs.

Le temps passe vite, il est l'heure
de rentrer à la maison.

– À demain, répète madame Fuchsia
à chacun des enfants.

Juliette se retourne, sourit et dit :
– À demain bien sûr, ne vous inquiétez pas.

Fin

L'AUTEUR - ILLUSTRATEUR

Kevin Henkes est né en 1960 dans le Wisconsin, aux États-Unis, où il vit avec sa femme et son fils. Encouragé dès son plus jeune âge par ses parents et ses professeurs, Kevin Henkes est un amoureux des livres, pour lesquels il a un très grand respect.

À l'âge de 19 ans, il quitte sa ville natale et s'envole pour New-York, son book à la main, dans l'espoir d'être publié. Son premier livre sera édité en 1981.

Auteur et illustrateur, il a écrit des romans et des nouvelles et a illustré de nombreux livres pour enfants. Passionné par son métier, il aime plus que tout jongler à la fois avec les mots et les couleurs.

folio benjamin

folio benjamin